—¡Bien! —gritó el Jim ese—.

¡Cómo me alegro! ¡Porque mi fiesta es el sábado que viene! ¡Y mañana les voy a traer las invitaciones a todos los niños del Salón Nueve! ¡A todos menos a ti! ¡Tú vas a ser la única en toda la clase a la que no le voy a dar una invitación! ¡Ahí va eso!

Y me hizo un ¡JA, JA! en toda la cara.

Y se volvió a sentar en su asiento.

Mientras tanto, yo me quedé ahí parada y sin moverme.

Porque algo había salido mal. Creo.

Títulos de la serie en español de Junie B. Jones
por Barbara Park

Junie B. Jones y el negocio del mono
Junie B. Jones y su gran bocota
Junie B. Jones espía un poquirritín
Junie B. Jones ama a Warren, el Hermoso
Junie B. Jones y el cumpleaños del malo de Jim
Junie B. Jones y el horrible pastel de frutas

Junie B. Jones
y el
cumpleaños
del malo de Jim

por Barbara Park
ilustrado por Denise Brunkus

SCHOLASTIC INC.

New York   Toronto   London   Auckland   Sydney
Mexico City   New Delhi   Hong Kong   Buenos Aires

Originally published in English as
Junie B. Jones and That Meanie Jim's Birthday

Translated by Aurora Hernandez.

ISBN 0-439-56028-4

Text copyright © 1996 by Barbara Park.
Illustrations copyright © 1996 by Denise Brunkus.
Translation copyright © 2003 by Scholastic Inc.
All rights reserved.
Published by Scholastic Inc., 557 Broadway, New York, NY 10012, by arrangement with Writers House, LLC. SCHOLASTIC and associated logos are trademarks and/or registered trademarks of Scholastic Inc.

12 11 10 9 8   6 7 8/0

Printed in the U.S.A.   40

First Spanish printing, September 2003

Contenido

1/ ¡A comer pastel!

Me llamo Junie B. Jones. La B es de Beatrice, solo que a mí no me gusta Beatrice.

Me gusta la B, y ya está.

B es mi *supermejor* letra. Y es que mi cosa favorita empieza con esa letra.

Se llama bizcocho de cumpleaños.

Comimos uno riquísimo hoy en la escuela.

Eso es porque Paulie Allen Puffer cumplió seis años. Y su mamá trajo un bizcocho de chocolate y helado de chocolate y chocolate con leche al Salón Nueve.

A ella le rechifla el chocolate. Creo.

La fiesta fue muy *diver*.

Solo que Paulie Allen Puffer se chifló del todo. Y se puso el bizcocho en la cabeza. Y luego se rió tanto que la leche le empezó a salir por la nariz.

—A eso se le llama nariz lechera —le dije a mi *supermejor* amiga que se llama Lucille.

Lucille es toda una señorita.

—Puaj —dijo—. Ojalá no hubiera visto esa nariz lechera. Porque ahora me siento mal del estómago. Y no puedo terminar mi bizcocho.

—Yo también —dije—. Ahora yo tampoco puedo terminar mi bizcocho. Así que voy a tirarlos al cesto de la basura.

Entonces agarré los bizcochos. Y salí corriendo hacia el cesto de la basura.

Miré alrededor de mí por si había alguien.

Y luego me escondí muy rápido detrás del cesto de la basura.

Y me embutí los dos bizcochos esos en toda mi boca.

Me froté mi barriga muy contenta.

—Ahora todo lo que necesito es un poco de leche para poder bajarlos —dije.

Entonces vi que encima de la mesa estaba la leche. Solita.

La agarré. Y me la tragué entera.

—Hmmm —dije—. Eso estaba riquísimo.

Justo entonces oí una voz.

—¿Junie B. Jones? ¿Por qué te has levantado de tu asiento?

Era mi maestra.

Se llama Seño.

También tiene otro nombre. Pero a mí me gusta Seño y ya está.

Seño tiene los ojos de *una* águila.

—¿Qué estás haciendo ahí? —me preguntó.

—Estoy *recompartiendo* el bizcocho y la leche de la gente —le expliqué—. Solo que en este momento la gente no está aquí.

Seño metió los ojos muy adentro de su cabeza.

Yo le dije muy linda:

—¿Sabe qué? Que cuando sea mi fiesta de cumpleaños también voy a traer un bizcocho y leche. Además a lo mejor también traigo una cacerola con frijoles. Porque creo que eso sería algo original y distinto. Creo.

Luego, me fui dando saltitos donde estaba la mamá de Paulie Allen Puffer.

—Un bizcocho excelente, señora. Mis felicidades al *plastelero* —le dije.

Entonces yo y ella chocamos los cinco. Solo que ella no sacó la mano. Y le di un manotazo en todo el brazo.

Después de eso, me volví a mi asiento dando saltitos.

Lucille estaba terminando su helado de chocolate.

Tenía un bigote de chocolate en toda su cara.

Yo le fruncí el ceño.

—Lucille, ¡qué te pasa! —le dije—. No estás comiendo ese helado como una señorita. Ahora te voy a enseñar cómo se come.

Entonces metí mi cuchara muy rápido en el helado de Lucille.

—¿Ves? —le dije—. ¿Ves cómo le doy mordisquitos pequeños a esta cosa?

Solo que en ese momento se me cayó de la cuchara un *poquirritín* de helado. Y fue a caer en la falda de Lucille.

Lucille pegó un salto desde su silla.

—¡OH, NO! —gritó—. ¡MIRA LO QUE

HAS HECHO! ¡ME HAS TIRADO HELA-
DO EN MI VESTIDO NUEVO! ¡Y ME LO
ACABA DE COMPRAR MI NANA EN
NUEVA YORK! ¡Y LE COSTÓ NOVENTA
Y NUEVE DÓLARES MÁS IMPUESTOS!

Seño vino corriendo a la mesa. Tenía una
esponja mojada para limpiar el vestido de
Lucille.

—¡No! ¡No lo haga! —dijo Lucille—.
¡No puede poner agua en esto! Porque este
vestido es de satén. ¡Y el satén es solo
limpieza en seco!

Seño me puso ojos enojados.

Yo tragué saliva.

—¿Y cómo iba a saber yo eso? —dije
muy bajito.

Luego puse la cabeza sobre la mesa.

Y me tapé con los brazos.

A eso se le llama estar derrotada.

Y hacer que estás derrotada es lo mejor si
no quieres tener problemas.

2/ Unos golpecitos en la cabeza del Jim ese

Después de la fiesta, yo y mi otra *supermejor* amiga fuimos a casa en autobús.

Se llama Grace.

Yo y la tal Grace nos turnamos para sentarnos cerca de la ventana.

Eso es porque somos muy buenas amigas.

Creo.

Solo que a veces nos olvidamos y no sabemos de quién es el turno.

Y después tenemos que arreglar el lío con los puños.

Esta vez le tocaba a la tal Grace sentarse junto a la ventana.

—¿Sabes qué? Que hoy no me importa nada si te sientas ahí —le dije—. Porque después de comer tanto bizcocho estoy muy contenta.

La tal Grace sonrió.

—A mí también —me dijo—. Comer bizcocho también me ha puesto de buen humor.

—Ya, lo que pasa es que no puedes estar tan contenta como yo —le expliqué—. Porque yo me comí dos pedazos. Y tú uno.

La tal Grace frunció el ceño.

—Está bien, Grace. No te preocupes —le dije—. Porque cuando sea mi cumpleaños te voy a invitar a mi casa. Y entonces también podrás comer dos pedazos.

—¡Qué bien! —dijo.

—Ya sé que está muy bien —le contesté—. Y además te daré tu propio vaso de papel con M&Ms.

—¡Ohhh! ¡Qué rico! Me encantan los M&Ms —dijo la tal Grace.

—A mí también me encantan los M&Ms —le dije—. Porque el chocolate no se derrite en las manos. Solo se derriten los colores en las manos y ya.

Le sonreí de oreja a oreja.

—Y otra cosa más, Grace. Cuando vengas a mi fiesta, tendrás tu propio sombrero de fiesta. Y jugaremos al laberinto. Y también jugaremos a ese juego en el que se grita Bingo. Lo que pasa es que nunca me acuerdo de cómo se llama ese juego.

Justo en ese momento, un niño muy malo que se llama Jim saltó de su asiento.

—¡BINGO, tonta! —gritó—. ¡Se llama BINGO! ¡Qué BOBA! ¿Quién va a querer ir a una fiesta tan tonta como la tuya?

Habló con la voz muy fuerte. Y todo el mundo lo pudo oír.

—En mi casa, las fiestas de cumpleaños

son geniales —dijo—. El año pasado mi fiesta se llamaba: Día de payasos. Y vinieron dos payasos del circo. Y nos hicieron animales con globos y trucos de magia.

Me acerqué hasta su cara.

—¿Y? —le dije—. A mí ni siquiera me gustan los payasos. Los payasos no son personas normales. Además, mi propio abuelo personal Frank Miller también puede hacer animales con globos. Aunque todos los animales parecen perros salchicha. Pero va a mejorar.

El Jim ese ni siquiera me estaba escuchando. Siguió hablando de sus fiestas.

—Este año, mi fiesta se va a llamar: La granja del viejo MacDonald. Y va a venir un granjero de verdad y traerá muchos animales a mi jardín para acariciarlos. Y va a traer un cordero y una cabra y un burro y unos conejos. Y también va a traer un poni de verdad para que nos subamos a él.

Me puse las manos en la cintura.

—Ya, pues qué pena me das —le dije—.
Porque yo ya he visto en la tele todo lo que
hacen los ponis. Y los ponis te tiran de su
lomo. Y luego te lanzan al suelo y te matan

hasta que te mueres. Y por eso yo no pienso ir a tu fiesta tonta en *tropecientos* años.

—¡Bien! —gritó el Jim ese—. ¡Cómo me alegro! ¡Porque mi fiesta es el sábado que viene! ¡Y mañana les voy a traer las invitaciones a todos los niños del Salón Nueve! ¡A todos menos a ti! ¡Tú vas a ser la única en toda la clase a la que no le voy a dar una invitación! ¡Ahí va eso!

Y me hizo un ¡JA, JA! en toda la cara.

Y se volvió a sentar en su asiento.

Mientras tanto, yo me quedé ahí parada y sin moverme.

Porque algo había salido mal. Creo.

Entonces le di un golpecito en la cabeza.

—Ya, pero esto es lo que pasa —le dije—. Yo no sabía que ibas a tener una fiesta el sábado. Así que..., buenas noticias, creo que puedo ir.

—¡No! —gritó ese niño malo—. ¡Tú no vienes! ¡Ahora, vete!

Le volví a dar otro golpecito.

—Ya, lo que pasa es que lo de los ponis era una broma —le dije—. Seguramente no te tiran.

—¡No me importa! ¡No me molestes! —gritó.

Me puse de puntillas y le miré la cabeza.

—Me encanta tu pelo hoy —le dije.

El Jim ese me dio un manotazo.

—¡Déjame en paz! —gritó—. ¡Tú no vas a venir a mi fiesta! ¡Y es la última palabra!

Entonces me salió un nudo en la garganta. Un nudo es justo lo que te pasa antes de ponerte a llorar.

Me dolía al tragar.

Me senté y escondí la cara debajo de mi suéter.

—Diablos —dije—. Porque creo que, la verdad, lo hubiera pasado muy bien en ese sitio.

Luego, mi *supermejor* amiga que se llama
Grace me puso el brazo alrededor.
Y me dio golpecitos muy suaves.
Y me dejó sentarme al lado de la ventana.

3/ Muy tristona

Fui caminando a casa desde la parada del autobús toda tristona.

Estar tristona es cuando tus hombros se caen. Y tu cabeza no se puede quedar muy bien en su sitio.

La abuela Miller estaba en el cuarto del bebé.

Ella nos cuida a mí y a mi hermano bebé por las tardes.

Mi hermano se llama Ollie.

Yo lo quiero mucho. Solo que la verdad es que me gustaría que no viviera en mi casa.

La abuela Miller lo estaba meciendo en la mecedora.

Yo también traté de subirme ahí. Pero la abuela me dijo "ni se te ocurra".

—Ya, pero es que necesito que me mezas —le expliqué—. Porque un niño muy malo va a tener una fiesta de cumpleaños el sábado. Y va a invitar a todos los del Salón Nueve. Menos a mí. Y yo voy a ser la única que no va a ir.

La abuela Miller puso una cara triste.

—Los niños pueden ser tan crueles —dijo—. Espera a que ponga el bebé a dormir. Y después, tú y yo hablaremos de esto. ¿De acuerdo?

Y por eso crucé los brazos.

Y di paraditas con mis pies.

Y esperé y esperé a que el bebé ese se durmiera. Pero sus ojos seguían abiertos como platos.

—Abuela, sujétale los ojos con los dedos

para que no se abran —le dije.

—¡Por Dios, no! —dijo.

Y siguió meciéndolo.

Y al final me cansé de esperar. Y me fui a mi cuarto. Y me metí debajo de la colcha.

Y me arrastré hasta el fondo de mis sábanas.

Ahí dentro se está muy cómoda.

Puedes decir cosas malas.

Y nadie te puede oír.

—Estas son todas las cosas que no aguanto —dije—. Primero, no aguanto al malo de Jim. Luego no soporto a los payasos. Ni al Viejo MacDonald que tiene una granja.

Además, no aguanto a los conejos. Ni a los burros. Ni a los ponis.

»¿Y sabes qué más? Que en esta casa no necesitábamos un bebé. Lo que pasa es que nadie me preguntó a mí.

Justo entonces, alguien llamó a la puerta de mi cuarto.

—¿Junie B.? Soy la abuela, cariño. Ollie por fin se ha quedado dormido.

Se acercó y levantó la colcha.

—Acabo de llamar a tu mamá y le he contado lo que te pasó en la escuela —dijo.

Me asomé para verla.

—¿Y lo puede arreglar? —le pregunté—. ¿Ya puedo ir a la fiesta de cumpleaños?

La abuela Miller estiró sus brazos.

Me sacó de debajo de las sábanas.

—Tu mamá va a hablar contigo cuando llegue a casa —dijo—. Mientras tanto, ¿por qué no nos divertimos un poco tú y yo?

Vamos a leer un libro ¿quieres? ¿Qué cuento te gustaría oír?

Pensé y pensé.

—Me gustaría oír un cuento sobre una niña que no la invitan al cumpleaños de un niño malo. Y entonces entra en su casa sin que la vean. Y suelta al poni del establo. Y luego el poni atropella al niño y lo deja plano como una tortilla. Y todos los niños le ponen sirope encima. Y se lo meriendan.

La abuela Miller me miró como si estuviera enferma del estómago.

—Ay, Junie B., cuando se te mete algo en la cabeza, no hay quien te lo saque. Eres terca como la mula.

En ese momento mis ojos se abrieron hasta atrás para mirarla.

—¿Mula? ¿Qué mula, abuela? ¿Tengo una mula? ¿Es una mula sorpresa? ¿La tienes guardada en secreto en tu casa?

Salté y la jalé de la mano.

—¡Vamos a buscarla! ¿Quieres, abuela? ¡Vamos ahora mismo a recoger mi mula!

Justo entonces me vino una idea a la cabeza.

—¡OYE! ¡SE ME ACABA DE OCURRIR ALGO, ABUELA! ¡YO Y TÚ PODEMOS TRAER MI MULA A CASA Y PUEDO HACER MI FIESTA DE CUMPLEAÑOS EL SÁBADO!

»¡SE VA A LLAMAR "VEN A ACARICIAR MI MULA" Y TODOS LOS DEL SALÓN NUEVE VAN A VENIR A MI FIESTA! ¡Y NO VAN A IR A LA DEL MALO ESE DE JIM!

De repente, se abrió la puerta principal.

¡Era mamá!

Salí corriendo hacia ella superrápido.

—¡Mamá! ¡Mamá! ¿Sabes qué? ¿Sabes

qué? ¡Que yo y la abuela Miller vamos a ir a recoger mi mula! ¡Y voy a dar mi propia fiesta de cumpleaños el sábado! Y voy a invitar a todo el Salón Nueve. ¡Menos al Jim ese que me cae tan mal! Él es el único que no va a venir. ¡Así que peor para él!

En ese momento, la abuela Miller se fue por la puerta principal con su suéter.

Yo jalé del brazo de mamá.

—¡Vamos, mamá! ¡Vamos! —le dije—. ¡Tenemos que ir a comprar las invitaciones! ¡Y además tenemos que comprar una piñata!

Mamá no me hizo caso.

Se sentó en el sofá. Y me acarició el pelo.

—Escúchame, Junie B. —me dijo—. Yo sé que hoy Jim ha herido tus sentimientos. Pero no puedes celebrar tu cumpleaños el sábado. Tu cumpleaños es en junio, ¿te acuerdas? Y faltan varios meses para que sea junio.

—Ya sé que faltan varios meses para que sea junio —le dije—. Y por eso estoy adelantando mi cumpleaños. Porque dentro de varios meses será demasiado tarde.

Mamá me levantó y me sentó en sus piernas.

—Me temo que no lo entiendes, mi amor —me dijo—. No puedes cambiar el día que naciste. Nadie puede. Es imposible.

Puse mi voz en un susurro.

—Ya, pero te voy a contar un secretito: en el Salón Nueve nadie sabe cuándo es mi cumpleaños. Así que creo que lo puedo cambiar.

Mamá sonrió un poquito. Me despeinó el pelo.

—Lo siento, mi amor. No se puede —me dijo.

—¡Sí! —grité—. ¡Sí se puede! ¡Porque yo tengo que celebrar mi cumpleaños el sábado!

Porque si no, voy a ser la única que no va a ir a la fiesta del malo ese de Jim. Y esa es la historia más triste que he oído en mi vida.

En ese momento, mis ojos se pusieron un poco mojados por dentro.

Mamá me limpió la cara con un pañuelo.

Luego me abrazó muy fuerte.

Y dijo las palabras "lo siento".

Más malas noticias.

La abuela Miller acaba de llamar...

No hay mula.

4/De mudanza

A la mañana siguiente, no salí de mi cuarto.

Ni siquiera cuando mamá gritó "es la hora de desayunar".

Vino a mi habitación.

—¿No me has oído, Junie B.? Es la hora de desayunar —dijo.

La miré desde debajo de mi almohada.

—Ya, solo que no tengo hambre. Además hoy me mudo a otro lugar —le dije.

Mamá sonrió.

Se sentó en mi cama.

—Así que te mudas, ¿no? —preguntó—. ¿Y exactamente adónde te vas?

Yo moví mis hombros arriba y abajo.

—A algún sitio —dije.

—¿Y dónde está ese sitio? —preguntó.

—Pues está en un sitio que no está aquí —dije.

Mamá me abrazó.

—Esto es por la fiesta de cumpleaños de Jim, ¿verdad? —dijo—. Todavía estás preocupada porque no te va a invitar.

—No, no lo estoy —dije—. Porque ya no voy a ir nunca más a la escuela. Y es que hoy me mudo.

Mamá sacudió la cabeza. Luego salió de mi habitación. Y ella y papá cuchichearon en el pasillo.

Un poquito después, entró papá.

Me llevó a caballito hasta la cocina.

Luego mamá me preparó mi cereal caliente preferido.

Y me dejó poner toda la azúcar color café que quise.

Se sentó a mi lado.

—Junie B., tú ya sabes que Jim está haciendo esto solo para molestarte —dijo mamá—. Lo único que quiere es enojarte.

—Exacto —dijo papá—. Y cuando alguien quiere molestarte, solo hay una manera de defenderse.

—Tienes que hacer como si no te importara —dijo mamá—. Tienes que fingir que ni siquiera quieres ir a la fiesta. Porque si le haces creer que ya no quieres ir, a él ya no le divertirá meterse contigo.

Papá me guiñó un ojo.

—¿A que tú puedes hacer eso, ratoncita? —me dijo—. Eres la mejor actriz del mundo.

Justo en ese momento, se me iluminó toda la cara. ¡Porque esa palabra me dio una idea!

—¡Oye! ¡Se me acaba de ocurrir adónde me voy a mudar! ¡Se llama Disneylandia! ¿Te acuerdas, papá? El sitio de ese ratón, donde hay unos muñecos que no paran de cantar la misma canción, una y otra vez.

Sonreí.

—Ese sería un sitio muy alegre para vivir, ¿verdad?

Papá me miró durante un rato largo.

Después puso la cabeza encima de la mesa. Y empezó a darse golpes contra el borde.

Mamá lo sacó de ahí.

Se fueron al pasillo y empezaron otra vez a cuchichear.

Al cabo de un rato, mamá me llamó desde su habitación.

—¿Junie B.? Por favor, ¿podrías contestar el teléfono? Es tu abuelo. Quiere hablar contigo un ratito.

Levanté el teléfono.

—¿Síííí?

—Hola, chiquitina —dijo mi abuelo Frank Miller—. ¿Qué es de tu vida?

—Hoy me mudo a otro lugar —le dije.

Al abuelo Miller parece que no le hizo mucha gracia.

—¿Te mudas? —dijo—. ¡Ay, no! ¡No puedes irte! Si te mudas no vas a poder venir a mi casa el sábado!

Yo le arrugué mis cejas.

Pues porque pensé que en esta conversación había gato encerrado. Pues por eso.

—¿Ah, sí? ¿Y por qué quieres que vaya a tu casa? —le pregunté—. ¿Y por qué tiene que ser el sábado?

—Porque el sábado es el día que yo hago reparaciones en la casa, ¿no te acuerdas? —dijo—. Tú sigues siendo mi ayudante ¿verdad?

Lo pensé con mucho cuidado.

—Sí —le dije.

Y es que a veces ayudo al abuelo a arreglar cosas. Se llama arreglar cachivaches. Creo.

—¿Vas a arreglar cachivaches? —le pregunté—. ¿Por eso quieres que vaya a ayudarte?

—Sí, claro que voy a arreglar cachivaches —dijo mi abuelo—. Pero no lo puedo hacer sin mi ayudante, ¿no? Tú eres la que lleva el cinturón de las herramientas, ¿no?

Yo sonreí orgullosa. Porque el cinturón de herramientas del abuelo Miller es mi cosa favorita del mundo mundial. Tiene *tropecientas* herramientas colgando. Me da vuelta dos veces. Y ni siquiera me caigo.

Justo entonces, el abuelo Miller habló con una voz muy baja.

—Todavía no has oído lo mejor —susurró—. ¿A que no sabes qué voy a arreglar?

Yo le susurré:

—¿Qué?

Entonces el abuelo me pidió que esperara un ratito. Y es que quería cerrar la puerta.

Porque si no, la abuela lo podía oír.

—Si tu abuela me oye, querrá ser mi ayudante, en vez de ti —dijo.

Esperé con mucha paciencia.

—¿Lista? —dijo.

—Lista —dije.

—Bien. Voy a arreglar el inodoro de arriba.

Entonces, mi boca se abrió hasta atrás.

Porque arreglar el inodoro de arriba es un sueño hecho realidad. Pues por eso.

—Abuelo ¿y le vas a quitar la tapa? ¿Y vas a tirar y tirar y tirar de la cadena? ¿Y vas a ver cómo se va toda el agua por ahí? —le pregunté.

—¡Claro! ¡Claro que lo haré! Porque esa es parte del chiste de arreglar un inodoro ¿verdad? —dijo.

—¡Sí! —dije muy contenta—. Y además, a mí también me encanta esa pelota grande que flota por encima.

—¡A mí también! —dijo mi abuelo—. ¡A mí también me encanta esa pelota! Así que puedo contar contigo, ¿no? Tú y yo tenemos una cita el sábado, ¿verdad?

Pensé un poquito más.

—Sí, solo que se te olvidó algo, abuelo.

—¿Qué? —preguntó—. ¿Qué se me olvidó, chiquitina?

Le levanté mis cejas al despistado ese.

—Te olvidaste que hoy me mudo.

5/ Una abeja zumbona

La abuela y el abuelo Miller se turnan para cuidarme antes del almuerzo. Después me visten para ir a kindergarten.

Menos hoy, que mamá vino a casa del trabajo. Y ella me vistió.

Dijo que me llevaría ella a la escuela.

—Si te llevo no tendrás que ver a Jim en el autobús —dijo muy cariñosa.

Sacó mi ropa de ir a la escuela.

Era un vestido con ranas.

—Ya, pero ¿sabes qué? Hoy no me voy a poner la ropa para ir a la escuela. Y es que hoy me mudo. Y por eso tengo que ponerme ropa de *mudancero*.

Mamá siguió tratando de ponerme el vestido.

Y así es como terminé poniendo los brazos y las piernas muy tiesos. Para que no pudiera meterme en esa cosa.

Después yo y mamá luchamos un *poquirritín*. Y me puso de cabeza. Y me metió las medias.

—Tú no te mudas, Junie B. —dijo—. Tú ahora mismo vas a la escuela, y punto. Nunca se resuelve nada huyendo de los problemas.

—Sí, ya, pero es que yo no estoy huyendo —dije—. Voy a llamar a los del alquiler de camiones. Y esos tipos me llevarán.

Mamá sonrió. Quiso abrazarme. Pero yo seguí muy tiesa.

Me quedé tiesa todo el camino en el auto desde casa a la escuela.

Mamá estacionó el auto en el parqueo.

Y me levantó y me sacó por la puerta. Y me llevó toda tiesa hasta el parque.

Me dejó de pie en el pasto.

—Ya verás como todo sale bien —dijo—. Acuérdate de lo que te dijimos papá y yo. Si alguien te habla de la fiesta, tienes que fingir que no te importa.

Me dio un beso de adiós en mi cabeza tiesa.

En ese momento, oí voces que gritaban:

—¡JUNIE B.! ¡EH, JUNIE B.! ¡MIRA! ¡MIRA LO QUE TENEMOS!

Me di la vuelta.

Eran mis *supermejores* amigas, Lucille y la tal Grace. Venían corriendo hacia mí.

—¡Mira! —dijo Lucille—. ¡Mira lo que nos dio Jim! ¡Son las invitaciones para su fiesta de cumpleaños del sábado!

—¡Es verdad lo que nos había contado, Junie B.! —dijo la tal Grace—. Va a tener una fiesta con animales de verdad.

Me tapé las orejas con las manos super-rápido.

Luego cerré los ojos. Y les canté una canción muy fuerte.

Se llama "No te oigo, no me molestas".

La canté con todas mis fuerzas.

—¡NO TEEE OOOOOOOIGGOOOO!

»¡NO TEEE OOOOOOOIGGOOOO!

»¡NO ME MOOOLEEESTAAAASSS!

Seguí cantando y cantando hasta que se fueron.

Y me hicieron el gesto de que estoy loca.

Después de eso, me senté en el pasto yo solita. Y miré alrededor del parque.

Había muchos más niños con invitaciones.

—Diablos —susurré—. Diablos. Diablos. Diablos.

Fue entonces cuando vi al malo ese de Jim.

Le estaba dando una invitación a un niño que se llama William Llorón.

William Llorón es el niño más miedoso de todo el Salón Nueve.

Se asusta hasta de una pulguita. Creo.

Entonces, me senté un poco más tiesa.

Porque me había venido otra idea a la cabeza. ¡Pues por eso!

Se llama "¡Oye, a lo mejor le puedo quitar a William la invitación!" Porque él ni siquiera me va a perseguir, digo yo. ¡Y así yo tendré mi propia invitación! ¡Y William le puede pedir otra al Jim ese! ¡Y entonces todos iremos a la fiesta! ¡Y yo también!

Me puse de pie en el pasto.

Luego cerré un poquito los ojos para

mirar a William Llorón. Y empecé a correr hacia él muy despacio.

Después corrí rápido y más rápido. Hasta que al final corría tan rápido como una abeja zumbona.

Zumbé alrededor de William extrarrápido.

Ni siquiera me podía seguir muy bien con los ojos.

Luego le zumbé en toda la cara. ¡Y rápidamente le quité la invitación de los dedos!

¡Salí corriendo lo más rápido que pude hasta los columpios!

¿Y sabes qué?

¡Que William ni siquiera me siguió! ¡Pues eso!

¡Y todavía hay más noticias buenas! ¡La invitación de William ni siquiera tenía su nombre! O sea, que cualquiera la podía usar, digo yo.

—Y ahora es mía —dije—. ¡Porque voy a poner mi nombre cuando llegue al Salón Nueve! ¡Y será mi propia invitación!

Justo en ese momento, sonó la campana. Metí la invitación en mi bolsillo.

Y me fui a clase dando saltitos, muy contenta.

Seño estaba en la puerta del Salón Nueve.

William estaba con ella.

Su nariz goteaba un montón.

Quise pasar a través de ellos. Pero Seño me agarró por los tirantes de mi vestido de ranas.

Me jaló para atrás.

—Ya, pero no creo que eso sea bueno para mi vestido —dije.

Seño frunció el ceño.

—Junie B., ¿le quitaste a William algo que era suyo? —preguntó.

—No —dije—. Porque ni siquiera pone su nombre. Y eso quiere decir que es para cualquiera. Creo.

Seño dio golpecitos con sus pies enojados.

—¿William tenía la invitación en la mano, Junie B.? ¿Y tú se la quitaste? ¿Y luego saliste corriendo? —preguntó.

Yo sonreí muy dulce.

—Yo era una abeja zumbona —dije.

Seño extendió la mano.

—¿Me la podrías dar, por favor?

—preguntó—. ¿Me podrías dar la invitación que le quitaste a William?

Yo me mecí adelante y atrás.

Porque no quería dársela. Pues por eso.

—Ya, solo que creo que se ha salido del bolsillo —dije.

—Quiero la invitación —dijo Seño—. Ahora mismo.

Yo tragué saliva.

Luego metí la mano en el bolsillo muy rápido.

—Buenas noticias. La encontré —dije muy nerviosa.

—Dásela a William —dijo Seño.

William Llorón sacó la mano.

Yo se la tiré.

—Aquí tienes, niño chismoso miedoso —dije—. Aquí está tu asquerosa invitación.

Los ojos de Seño se volvieron muy grandes.

—¡Junie B. Jones! ¡Ya basta! ¡Ahora ve a sentarte! ¡Y no quiero oír ni una palabra más! ¿Lo entiendes, señorita? Ni una palabra.

Y así es como acabé caminando toda triste a mi asiento.

Y puse la cabeza en mi pupitre.

¿Sabes por qué?

Pues porque estaba tristona. Pues por eso.

6/ Soñar despierta

Seño pasó lista. Pasar lista es cuando dices "aquí". Solo que cuando no estás ahí tienes que quedarte callado.

Luego dijimos "juro lealtad a la bandera de Estados Unidos de América".

A eso se le llama ceremonias de *abertura*. Creo.

Después de eso, nos sentamos. Y Seño nos entregó nuestros libros de trabajo.

Nos dijo en qué página teníamos que abrirlos.

Era un trabajo sobre las formas. Como los círculos. Y los cuadrados. Y los *criángulos*.

Soy buenísima en eso.

Solo que no me pude concentrar muy bien. Y es que estaba soñando despierta con la fiesta esa de cumpleaños.

Soñar despierto es como soñar dormido.

Pero no es por la noche.

Y no estás dormida.

Y no estás soñando.

Seguí pensando en que todo el mundo iba a ir a la fiesta.

Menos yo.

Yo era la única.

En todo el Salón Nueve.

"Ojalá que Lucille y Grace tampoco fueran —pensé para mí—. Porque eso sería de buenas amigas".

Al poco tiempo, le di un golpecito a Lucille.

—Tú eres mi *supermejor* amiga —le dije.
Lucille me sonrió.

—Tú también eres mi *supermejor* amiga
—dijo.

Toqué su vestido nuevo.

—Hoy te ves muy preciosa —le dije.

Lucille se infló.

—Gracias. Tú también te ves muy preciosa hoy —me contestó.

Le toqué sus uñas con esmalte.

—Me encantaría que tú y yo fuéramos
gemelas —le dije.

—A mí también. También me encantaría
que fuéramos gemelas —dijo.

Justo entonces, mi cara se puso muy feliz.

—¡Lucille! ¡Lucille! ¡Se me acaba de ocurrir algo! ¡Tú y yo podemos jugar a que
somos gemelas! ¡Y podemos hacer todo igual!

Así que el sábado puedes venir a mi casa. ¡Y yo me pondré esmalte en las uñas, como tú! ¡Y tú te quedarás en casa sin ir a la fiesta, como yo!

Lucille no contestó nada.

Le di más golpecitos.

—Oye, gemela ¿por qué no hablas? —dije—. ¿Por qué no me contestas nada?

—Porque yo quiero ir a la fiesta. Por eso —dijo Lucille.

Yo le resoplé.

—Ya, Lucille. Ya sé que quieres ir a la fiesta. Pero ahora yo y tú somos gemelas. Y las gemelas hacen todo igual. Y por eso, si yo no voy a la fiesta, tú tampoco puedes ir a la fiesta. Y es que así son las reglas de las gemelas.

—No, no es verdad —dijo Lucille—. Mis primos son gemelos. Y uno es un niño. Y la otra es una niña. Y no hacen nada igual.

Yo salté de mi silla.

—¿Ah, sí? ¡Pues ese no es el tipo de gemelos que yo quiero ser, listilla! —grité.

Seño me chascó los dedos.

—¡Siéntate! —gritó.

Justo entonces, el Jim ese que no soporto se dio la vuelta en la silla. Y se rió de mí de muy mala manera. Porque me había metido en un lío.

—¡Da la vuelta a tu cabezota gordota! —dije.

Solo que no se dio la vuelta. Y así es como terminé corriendo hasta su pupitre. Y entonces yo le tuve que virar la cabeza.

—¡JUNIE B. JONES! —gritó Seño—. ¿QUÉ ESTÁS HACIENDO?

—Le estoy dando la vuelta a su cabezota gorda —le expliqué.

Seño vino corriendo adonde yo estaba. Luego me jaló muy rápido del brazo. Y me llevó marchando hacia el pasillo.

Señaló la oficina de Director.

—¡Vete! —dijo muy enojada.

Yo tragué saliva.

—Ya, pero es que se supone que no puedo

ir más a ese sitio —dije—. Porque yo y mi mamá ya hablamos de esto. Y me dijo que no me podían mandar allí nunca más.

Seño se puso roja como un tomate.

Empezó a contar números.

—Uno... dos... tres... cuatro...

Y por eso me apuré y me fui caminando.

Porque las maestras que cuentan números son las del tipo que más miedo dan.

7/Mi versión de la historia
por Junie B. Jones

Director es el jefe de la escuela.

Vive en la oficina.

Yo tengo que ir allí cuando desobedezco.

Desobedecer es lo que se hace cuando no se obedece.

Allí hay una señora que escribe todo el rato. No le permiten sonreír.

—Siéntate —dijo.

Señaló la silla azul.

—Sí, pero es que a mí en realidad no me gusta sentarme ahí, ¿se acuerda? Porque ese es el sitio donde se sientan los niños malos. Y yo ni siquiera soy mala —le expliqué.

Siempre que voy allí le tengo que explicar lo mismo.

La señora que escribe se inclinó sobre el mostrador. Me puso una cara que daba miedo.

—Siééééénnnnntaaaaaateeeee —dijo.

Me senté.

Luego me levanté el vestido para taparme la cara. Así no me podía ver nadie.

—Bájate el vestido —dijo la señora que escribe.

—Sí, pero es que a mí me dejan hacer esto. Porque llevo medias —le dije—. ¿Las ve? Son verdes con renacuajos.

Justo en ese momento oí la voz de Director.

—Vaya, vaya, Junie B. Jones. Qué sorpresa —dijo.

Mi boca se abrió hasta atrás.

—¡EH! —grité desde debajo de mi vesti-
do—. ¿CÓMO SABE QUE SOY YO LA
QUE ESTÁ AQUÍ ABAJO? ¡PORQUE NO
PUEDE VER MI CARA!

—Creo que he adivinado —dijo Director.

Después de eso, me destapé la cabeza. Y
yo y él fuimos a su oficina.

Me trepé a una silla grande de madera.

Director tenía pinta de estar cansado. Se
frotaba los lados de su calvota.

—Muy bien, cuéntame tu versión de la
historia —dijo.

Me senté muy recta y estirada.

—Mi versión de la historia, por Junie B.
Jones.

»Había una vez un niño muy malo que
no me invitó a su cumpleaños. Y yo soy la
única en todo el Salón Nueve que no va a ir.
Y por eso hoy me iba a mudar a otro sitio.

Solo que mi mamá me trajo a la escuela muy tiesa. Y luego me convertí en una abeja zumbona. Solo que William Llorón es un *quejón*. Y Lucille no quiere ser una gemela buena. Y entonces Seño me gritó. Y por eso terminé retorciéndole la cabezota gordota al Jim ese. Y ahora estoy aquí sentada en esta silla grande de madera.

Doblé mis manos encima de mis piernas.

—Fin.

Director puso la cabeza encima de su escritorio.

Yo lo miré con disimulo.

—¿Está derrotado? —susurré.

Se volvió a sentar. Luego llamó a mi mamá por teléfono.

Esos dos hablan muchas veces.

Esta vez hablaron de la fiesta de cumpleaños. Y de cómo es que a mí no me habían invitado.

Cuando colgó, Director me miró de forma más amable.

—Supongo que a veces los mayores pensamos que somos los únicos que tenemos problemas —dijo—. Y nos olvidamos que aunque seas pequeña la vida puede ser dura. ¿Verdad, Junie B. Jones?

—Sí —le dije—. La vida te da sorpresas, sorpresas te da la vida.

Después de eso, yo y él salimos de la oficina. Me levantó y me puso otra vez en la silla azul.

—Quiero que esperes aquí un minuto —dijo—. Tengo que hablar con alguien antes de terminar este asunto.

—Sí, pero ¿sabe qué? Que en realidad no me quiero sentar aquí —le expliqué—. Pues porque ese es el sitio donde se sientan los

59

niños malos. Y yo ni siquiera soy mala.

Director pensó y pensó. Luego chascó los dedos.

—Creo que tengo la solución perfecta —dijo

Fue a su oficina y salió con una bolsa gigante del supermercado.

—¿Qué te parece si te escondemos debajo de esto? —preguntó—. Si te escondemos debajo de esta bolsa nadie te podrá ver.

Yo salté arriba y abajo muy contenta. Porque esconderme es mi cosa favorita del mundo mundial. Pues por eso.

Director me sentó en la silla.

Puso la bolsa gigante del supermercado encima de mi cabeza.

—¡EH! ¿QUIÉN APAGÓ LAS LUCES? —dije.

Luego reí y reí. Porque por supuesto que

a eso se le llama comedia.

Doblé las rodillas y las metí debajo de la bolsa. Las abracé muy fuerte.

—Ahora solo puede ver las puntillas de

mis zapatos —dije muy contenta—. ¡Esta es la solución más perfecta que he visto en mi vida! ¿Y cómo se le ocurrió algo tan increíble? —pregunté.

Solo que Director no me contestó.

Porque seguramente ya había vuelto a su oficina.

Después de eso me escondí y me escondí en la bolsa.

Me escondí durante mucho tiempo.

Pasaron *tropecientos* años. Creo.

—¿Sabe qué? Ya pasó más de un minuto —dije desde allí dentro.

La señora que escribe no me contestó.

—Ya, ¿pero sabe qué más? Que aquí dentro mis rodillas están muy dobladas y estrujadas —dije—. Y probablemente eso no es bueno para mi *circuloación*.

Justo entonces mis piernas se empezaron

a retorcer. Porque creo que me estaban entrando hormigas por los pantalones. Pues por eso.

—¡EH! ¿ES QUE NADIE TIENE ORE-JAS? ¡SÁQUENME DE AQUÍ AHORA MISMO! ¡PORQUE CREO QUE YA ESTOY EN LAS ÚLTIMAS AQUÍ ADENTRO! ¡ADEMÁS SE ME ESTÁN METIENDO HORMIGAS EN LOS...

De repente, alguien me arrancó la bolsa de la cabeza.

Era la señora que escribe y da miedo.

—¡Pantalones! —dije muy bajito.

Me volvió a llevar a la oficina de Director.

¿Y sabes qué?

¡Que Jim estaba allí!

¡Estaba sentado en la silla grande de madera!

¡Y Director le estaba frunciendo el ceño!

—Junie B., nuestro amigo Jim quiere decirte algo. ¿Verdad, Jim? —le preguntó Director.

El malo ese de Jim no contestó. Siguió mirándose a los pies.

Director dio golpecitos con los dedos.

—Jim, estamos esperando —dijo.

Entonces Jim dio un resoplido. Y dijo las palabras "lo siento".

Director levantó las cejas.

—¿Qué es lo que sientes, Jim? Dile a Junie B. qué es lo que sientes.

Jim se miró los pies un ratito más.

—Siento no haberte dado la invitación para mi fiesta —dijo muy *agruñonado*.

—Pero tu mamá te dijo que lo hicieras, ¿verdad Jim? —dijo Director—. Tu mamá dijo que le dieras una invitación a cada niño y niña de tu salón. Pero tú te enojaste con

Junie B. Y decidiste no darle la invitación. ¿Verdad, Jim?

El niño ese malo levantó sus hombros arriba y abajo.

—Supongo —dijo muy bajito.

Director cruzó los brazos.

—¿Y qué vas a hacer para solucionar el problema? —preguntó.

El Jim ese esperó y esperó.

Luego, de repente, se bajó de su silla.

Y me dio una invitación.

Mi estómago dio un salto mortal.

—¿Para mí? ¿Es para mí de verdad? —dije muy gritona.

Luego le arranqué esa cosa de la mano. Y empecé a zumbar alrededor de la habitación.

—¡Fíjate! —dije—. ¡Es para mí de verdad! ¡Es para mí de verdad! ¡Ya no soy la única!

Zumbé alrededor de la silla grande.

Director me miraba nervioso.

Rápidamente, se levantó y abrió la puerta.

¡Entonces salí zumbando de allí!

¡Y no paré hasta llegar al Salón Nueve!

8/Un sábado arruinado

El sábado, mamá me despertó cuando estaba durmiendo.

—Tenemos que ir a comprar un regalo para Jim —dijo.

Yo hice un bostezo de sueño.

—Sí, ya, pero es que a mí no me gusta ese niño —le expliqué—. Así que puedes ir tú sola. Yo confío en tu gusto.

Me tapé la cabeza con las sábanas.

Mamá me destapó otra vez.

Y me hizo vestir.

Y me hizo comer un plátano.

Y me hizo ir a la tienda con ella.

Me agarró la mano y me arrastró detrás de ella.

—Como no sabemos qué juguetes tiene, le podemos comprar algo original —dijo.

—Vamos a comprarle unas tripas grasosas y verdes. Eso es original —le dije.

Mamá puso cara de asco.

Me jaló por toda la tienda.

Pasamos por delante de las cosas del baño.

Yo señalé.

—Eso. Vamos a comprarle eso —dije—. Eso es original.

Las mejillas de mamá se hundieron.

—No le vamos a comprar un cepillo para el inodoro —dijo.

Me siguió jalando y pasamos por delante de las cosas de las mascotas.

—Eso. Vamos a comprarle eso —dije—. Eso es original.

Pero mamá dijo:

—No le vamos a comprar una cadena de perro.

Justo entonces me jaló por delante de las herramientas.

En ese momento ¡se me salieron los ojos de la cabeza!

—¡ESO! ¡VAMOS A COMPRARLE ESO! ¡MIRA, MAMÁ! ¡MIRA! ¡ESO ME CHIFLA!

Salí corriendo superrápido.

—¡ES UN CINTURÓN DE HE-RRAMIENTAS! ¿VES? ¡ES IGUAL QUE EL DEL ABUELO MILLER! ¡SOLO QUE ESTE ES PARA NIÑOS PEQUEÑOS COMO YO! ¿LO VES, MAMÁ? ¡MIRA QUÉ COSA MÁS MARAVILLOSA!

Mamá lo bajó de la estantería.

—¡Mira! —dije—. ¡Tiene un martillo! ¡Y un destornillador! ¡Y alicates! ¡Y una linterna! ¡Y un nivel de verdad con una burbuja adentro! Y además tiene un bolsillo delante para los clavos.

Salté por todas partes.

—¿Me lo puedo probar? ¿Puedo? *Por fa*, mamá. *Por fa, por fa*.

Mamá me dijo que no con la cabeza.

—Hoy no estamos buscando algo para ti, Junie B. Le tenemos que comprar algo a Jim, ¿te acuerdas?

—Ya lo sé. Ya sé que estamos comprando algo para el Jim ese —dije—. Y le podemos regalar esto para su cumple. Pero antes me lo tengo que probar para ver si le cabe. Porque seguro que él y yo tenemos la misma talla.

Por fin, mamá me puso el cinturón.

—¡Ooooooh! ¡Tiene velcro! —dije—.
¡Me encanta esa cosa que se pega! ¿Lo
podemos comprar? *Por fa*, mamá.
¿Podemos? ¿Y nos lo llevamos a casa?

Mamá pensó y pensó.

—No sé, Junie B. Algo me dice que no es
una buena idea. Me temo que vas a querer
quedarte con él.

—¡No, no! No me voy a querer
quedarme con él. Te lo prometo, mamá. ¡Lo
prometo! ¡Lo prometo!

Así que al final mamá se dio por vencida.
Y compró el maravilloso cinturón de
herramientas.

Yo lo llevé encima de mis piernas en el
auto, todo el camino hasta casa.

Luego me metí corriendo en casa. Y me
fui zumbando a mi cuarto. Y me volví a

poner esa cosa.

—¡Ahora puedo arreglar cachivaches! —dije muy emocionada.

Saqué el martillo y di golpecitos en la

pared.

Luego atornillé un tornillo con el destornillador.

Y además, le retorcí la nariz con los alicates a mi osito de peluche y se la arranqué. Solo que en realidad no quería hacerlo.

Le acaricié la cabeza.

—Respira por la boca —le dije.

Justo entonces, me gritó la voz de mamá.

—¡JUNIE B.! ¡ES HORA DEL BAÑO, MI AMOR!

Yo fruncí el ceño. Porque mamá se había confundido. Creo.

Le grité de vuelta.

—¡YA, SOLO QUE HOY NO ME TENGO QUE BAÑAR! ¡PUES PORQUE HOY ES SÁBADO! ¡Y LOS SÁBADOS SON MIS DÍAS SUCIOS!

Mamá entró en mi habitación.

—Ya sé que hoy es sábado, Junie B. —dijo—. Pero vas a ir a una fiesta de cumpleaños. Y cuando uno va a una fiesta de cumpleaños, tiene que bañarse. Además te vas a lavar el pelo y a recogértelo.

Me aparté de ella.

—No —dije—. Porque nadie me había dicho eso antes. Y por eso, no tiene sentido. Y además no aguanto al niño malo ese. Entonces ¿por qué tengo que estar limpia para él?

Mamá parecía que iba a estallar.

—Cuando vas a una fiesta tienes que bañarte. Y punto. Fin de la discusión —dijo.

Entonces salió de mi habitación. Y abrió el agua del baño.

Yo me senté en la cama muy tristona.

—Diablos —dije—. Porque el tonto del niño ese me está arruinando todo mi sábado.

Mamá gritó un poco más.

—¿JUNIE B.? ¿PODRÍAS POR FAVOR TRAER EL CINTURÓN DE LAS HERRA-MIENTAS? ¡TENGO QUE ENVOLVERLO!

—Diablos —volví a decir.

Porque ni siquiera se lo quería dar.

Me quedé mirándolo.

Toqué todas aquellas herramientas maravillosas.

—Me encanta esta maldita cosa —dije muy triste.

—¡ESTOY ESPERANDO! —gritó mamá.

Pero seguí sin llevárselo.

Justo entonces, oí que cerraba el agua.

Mi corazón empezó a ir muy rápido.

—¡Oh, no! —dije—. ¡Porque ahora va a venir a agarrarme! ¡Y me va a quitar el cin-turón de las herramientas! ¡Y lo va a envolver para el niño ese malo!

Bajé de la cama de un salto y corrí por todo mi cuarto.

—¡Tengo que esconderme! ¡Tengo que esconderme!

Corrí por todas partes.

—¡Diablos! En este cuarto tan tonto no hay ni un sitio bueno para esconderse —dije.

—¡JUNIE B.! —gritó mamá.

¡Oí sus pies!

Venían a buscarme. Creo.

—¡Oh, no! —dije—. ¡Oh, no! ¡Oh, no!

Entonces, de repente, agarré muy rápido mi maravilloso cinturón de herramientas.

¡Y salí zumbando hacia la puerta!

Y empecé a clavar clavos con mi martillo.

Y la cerré.

9/ La única en el Salón Nueve

Mamá corrió a mi cuarto.

Abrió la puerta con clavos y todo.

—¡JUNIE B. JONES! ¿QUÉ DEMO-NIOS ESTÁS HACIENDO AQUÍ? —gritó.

Miró la puerta.

Sus ojos se pusieron de lo más saltones.

—¿TÚ ESTABAS MARTILLANDO? —gritó—. ¿ESTABAS PONIENDO CLA-VOS... EN TU PUERTA?

Entonces papá también llegó corriendo.

—¿DE DÓNDE DIABLOS HAS SACA-DO UN MARTILLO? —gritó.

—¡Díselo, Junie B.! Dile a tu padre de dónde has sacado el martillo —gruñó mamá.

Yo la señalé.

—Ella me lo dio —dije.

Justo en ese momento, a mamá le empezó a salir humo por la cabeza.

—¡NO! ¡YO NO TE DI NINGÚN MAR-TILLO, JUNIE B.! ¡ESE MARTILLO ERA PARA JIM! ¡Y TÚ LO SABES MUY BIEN!

Después de eso, mamá me levantó. Y me sentó en mi cama. Y me gruñó más palabras enojadas.

Que eran "que no podían confiar en mí con un martillo de verdad. Que no podían confiar en mí con un cinturón de herramien-tas de verdad. Y que nunca más me iban a dejar tener clavos hasta que sea mayor y viva en mi propia casa".

Papá caminó frente a mí, de un lado para otro.

—¿Por qué, Junie B.? ¿Por qué ibas a hacer algo así? ¿Por qué ibas a clavar tu puerta? —dijo.

Empecé a llorar un poquitín.

—Pues porque... —dije.

—Pues ¿porque qué? —gruñó él.

—Pues porque tenía una presión por dentro —dije—. Porque esa fiesta está arruinando todo mi sábado. Porque primero tuve que ir a una tienda. Y luego mamá dijo que me tenía que bañar y lavar el pelo. Solo que a mí no me gusta el niño ese malo. Y entonces, ¿por qué tengo que estar limpia y darle este maravilloso cinturón de herramientas? ¿Qué clase de negocio es ese?

Mamá respiró enojada.

—Eso era lo que tú querías, Junie B. —dijo—. Tú eras la que quería ir a la fiesta. Nadie te obliga a ir.

Me limpié la nariz en la manga de mi suéter.

—Ya, pero es que si no voy, voy a ser la única del Salón Nueve que no va —dije—. Y esa es la historia más triste que he oído en mi vida.

Papá se sentó a mi lado.

—¿Por qué? —dijo—. ¿Por qué es tan triste pasar un sábado haciendo lo que quieres hacer? ¿Por qué es tan triste pasar un sábado divirtiéndote, en lugar de perder el tiempo con un niño que no te gusta?

Mamá también se sentó.

—A mí eso no me parece nada triste —dijo—. De hecho, me suena muy bien.

—No, eso no suena nada bien —dije muy gruñona—. ¿Qué hay de bueno en ser la única?

Papá movió sus hombros arriba y abajo.

—Muchas cosas —dijo—. Como ser la

única que no se tiene que bañar. ¿A qué no habías pensado en eso?

—Y ser la única que no se tiene que lavar la cabeza —dijo mamá.

—Y... —dijo papá— ser la única en el Salón Nueve que no tiene que darle a Jim un regalo. ¿Qué te parece eso? ¿Eh?

Me senté un poco más tiesa.

Porque eso era maravilloso. Pues por eso.

Mamá me despeinó con la mano.

—¿Y qué va a pasar con el abuelo Miller? —me preguntó—. No se te habrá olvidado que te había invitado a su casa, ¿no?

Justo entonces, mi boca se abrió hasta atrás.

¡Porque sí se me había olvidado!

—¡El inodoro! —dije—. ¡Se me olvidó el inodoro! Porque yo y el abuelo íbamos a arreglar esa cosa! ¡Y íbamos a tocar la pelota esa grande que flota por encima!

Mamá puso una cara rara.

—Qué bonito —dijo.

—Sí, ya sé que es muy bonito —dije—. Y por eso tengo que irme ahora mismo. Porque si no, la abuela lo va a tocar, y no yo.

Entonces mamá me miró de una forma muy rara.

Y papá fue a buscar sus llaves.

Mamá y papá me hicieron llevar el cinturón de herramientas a la tienda.

Me hicieron dárselo al señor.

—Tenga —le dije—. No pueden confiar en mí con esta cosa maravillosa.

El hombre sonrió un poco triste.

—Lo siento, preciosa —dijo.

—No importa —dije—. Porque en realidad los clavos ni siquiera funcionaron muy bien.

Me devolvió el dinero.

—A lo mejor cuando seas mayor —dijo.

—A lo mejor —dije—. Y además, puede que también me compre un cepillo de inodoro.

Después de ir a la tienda, fui a casa del abuelo Miller.

Estaba trabajando en el jardín.

Corrí hacia él todo lo rápido que pude.

—¡ABUELO MILLER! ¡EH, ABUELO MILLER! ¿YA LO ARREGLASTE? ¿YA ARREGLASTE EL INODORO?

Me dio vueltas en el aire.

—¡Todavía no! —dijo—. Te estaba esperando.

Y entonces, yo y él agarramos nuestras herramientas. Y subimos las escaleras.

Luego, ¡quitamos la tapa a la cosa esa!

¡Y tiré de la cadena hasta que se fue toda el agua! ¡Y toqué la pelota esa grandota!

—¡Esto es muy divertido! ¿Verdad, abuelo? Esto es lo mejor del mundo —dije.

—¡Claro que sí! —dijo mi abuelo.

Me reí muy contenta.

—Oye, abuelo. ¿Sabes qué? ¡Que soy la única! —dije.

Él me miró confundido.

—¡Soy la única del Salón Nueve que está arreglando un inodoro! —le expliqué.

Entonces el abuelo Miller también se rió.

—Desde luego, eres un caso —dijo.

—Tú también eres un caso —le contesté.

Luego lo abracé muy fuerte.

Y me subí en sus piernas.

Y le dije un secreto al oído:

—¿Y sabes qué más? —le susurré—. Que todavía quiero tener una mula.

¡Los libros son mis cosas favoritas del mundo mundial!

Lee este libro sobre mí. ¡Que lo digo yo!

Junie B. Jones ama a Warren, el Hermoso

por Barbara Park

las cartas

Y yo y el abuelo Miller jugamos a las cartas. Y le gané cinco veces enteras seguidas. Eso es porque yo siempre ponía encima del montón la carta que gana a todas, y luego me la volvía a quedar. ¡Y el abuelo no se daba cuenta! El abuelo Frank Miller es un poco tonto. Creo.

instrucciones para cuidarme

Las instrucciones para cuidarme son todas esas cosas que no puedo hacer. Como no subirme encima del *frigerador*. Y no pintar con lápiz de labios a mi perro que se llama Cosquillas. Y no hacerle chupar una papa a Ollie. Lo que pasa es que creo que a él no le molestó.

la carpa del paseo lunar

La carpa del paseo lunar es una casa blandita enorme. En ese sitio puedes saltar muy alto y muy lejos.

el puesto de pesca

Lo único que había que hacer era poner la caña de pescar encima de la mesa. Y alguien te ponía un *juete* en tu caña. Sólo que yo sólo conseguí un peine tonto en mi caña y eso.

tiro al director con esponjas mojadas

Allí estaba director. Tenía la cara y el pelo mojados. Eso era porque los chicos no paraban de darle con esponjas. ¡Parecía el juego más divertido que he visto en mi vida! Porque tirar esponjas mojadas al director es como que se haga un sueño realidad.

esperar

Pero la señora de los pasteles siguió esperando y esperando a que vinieran otros niños. Pasó mucho rato. Y así es como empecé a tener nervios en mis piernas. Y soplé y resoplé. Luego doblé mis brazos. Y di golpecitos con los pies muy rápidos.

—¡EH! ¡QUE AQUÍ ME ESTOY VOLVIENDO VIEJA! —grité.

las ferias de diversión

Las ferias de diversión son un engaño. Porque una vez mi papá se pasó todo el rato intentando derribar tres botellas con una pelota. Pero aunque les daba, no se caían. Entonces él y mamá tuvieron que llamar a la poli. Y también a los del Noticiero Univisión a las seis y a las diez.

Barbara Park dice:

"¿Alguna vez has sido la única a la que no han invitado a una fiesta? (¡Yo también!). Pero cuando empecé a escribir este libro, sabía que Junie B. se las arreglaría para ir a la fiesta de Jim (aunque él no quisiera).

Entonces, llegué al capítulo 8... y Junie le compró ese cinturón de herramientas tan maravilloso. Y de repente, supe que Junie B. Jones jamás le daría un regalo tan maravilloso a un niño tan malo.

Así que, ¿qué es lo mejor, después de una fiesta?

¡Arreglar un inodoro, por supuesto!

¡Sobre todo con tu abuelo preferido!**"**